SOMOS IGUAIS
mas diferentes

Texto de
Laís Palma Elsing

Ilustrações de
Luciana Romão

Copyright do texto © 2022 Laís Palma Elsing
Copyright das ilustrações © 2022 Luciana Romão

Direção e curadoria	Fábia Alvim
Gestão comercial	Rochelle Mateika
Gestão editorial	Felipe Augusto Neves Silva
Diagramação	Lara Elsing
Revisão	Lúcia Diniz

CIP-BRASIL. CATALOGAÇÃO NA PUBLICAÇÃO
SINDICATO NACIONAL DOS EDITORES DE LIVROS, RJ

E44s

Elsing, Laís Palma
    Somos iguais mas diferentes / texto de Laís Palma Elsing ; ilustração Luciana Romão. - 1. ed. - São Paulo : Saíra, 2022.
    32 p. : il. ; 21 cm.

    ISBN 978-65-86236-48-4

    1. Ficção. 2. Literatura infantojuvenil brasileira. I. Romão, Luciana. II. Título.

22-76856
                      CDD: 808.899282
                      CDU: 82-93(81)

Gabriela Faray Ferreira Lopes - Bibliotecária - CRB-7/6643

25/03/2022   29/03/2022

Índice para catálogo sistemático:
1. Literatura infantil 028.5
2. Literatura infantil 82-93

Todos os direitos reservados à

Saíra Editorial
Rua Doutor Samuel Porto, 396
Vila da Saúde –04054-010 –São Paulo, SP
Telefones: (11) 5594 0601 | (11) 9 5967 2453
www.sairaeditorial.com.br | *editorial@sairaeditorial.com.br*
Instagram: *@sairaeditorial*

Esta obra foi composta em Quicksand e Walter Turncoat
e impressa em offset sobre papel couché brilho 150 g/m²
para a Saíra Editorial em 2022

Aos pais atípicos que lutam pela inclusão.

E a todos os pais que querem uma geração mais acolhedora.

Quando mamãe estava grávida, disseram a ela que seríamos iguais.

Mamãe pensou muito em como iria nos diferenciar.

Mas, desde o nascimento,

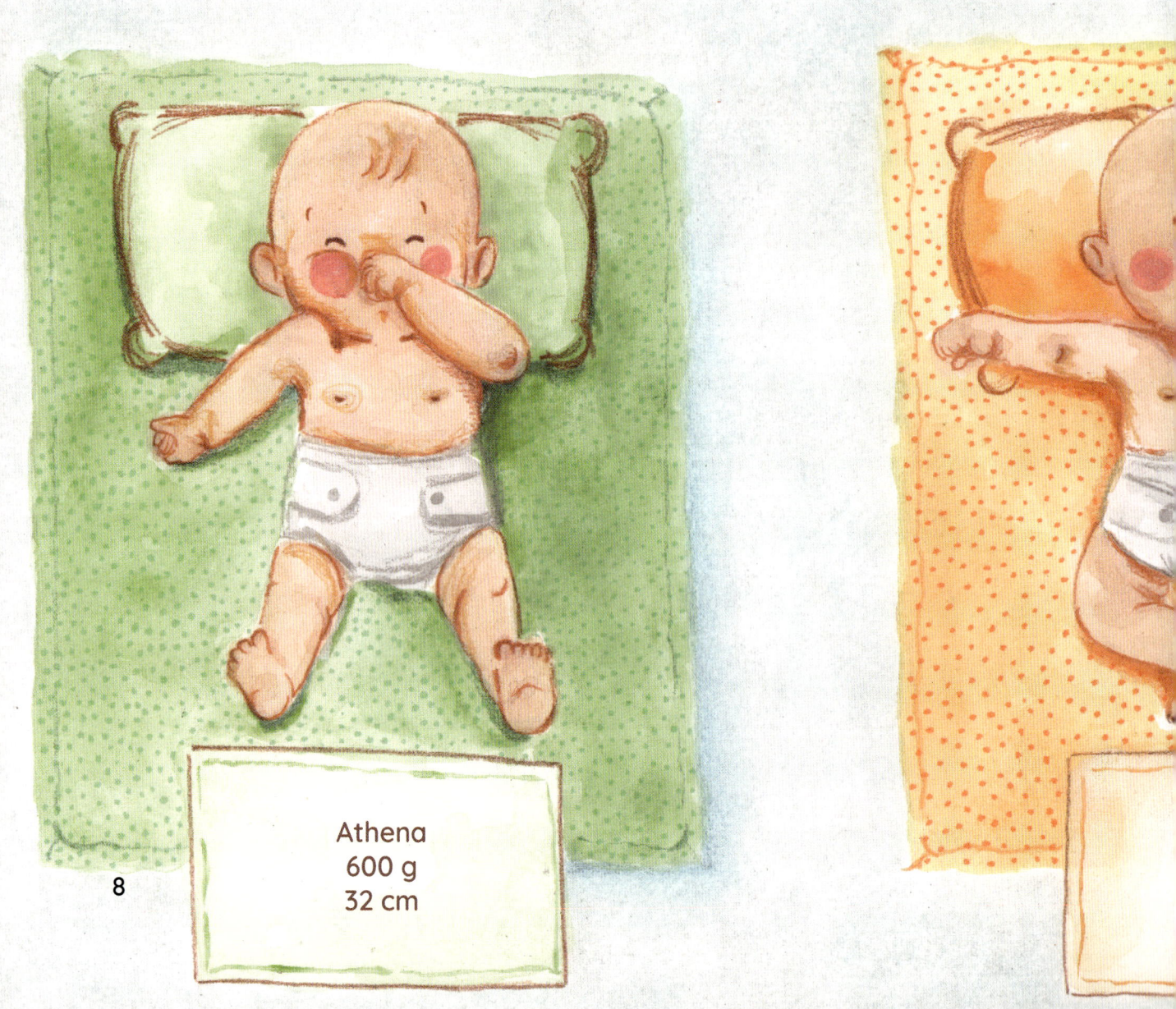

Athena
600 g
32 cm

CADA UMA TEM UM TAMANHO E UM PESO DIFERENTE.

Sophia
600 g
30,5 cm

PASSAMOS POR COISAS SEMELHANTES,
MAS CUIDADAS POR DIVERSAS PESSOAS.

Cada uma chegou em casa no seu tempo.

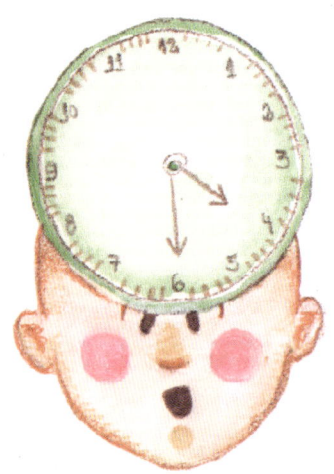

E, MESMO SENDO TODAS MUITO PARECIDAS,

CADA UMA SE DESENVOLVEU DE UM JEITO!

PAPAMAMA
papamama
papamama
PAPAMAMA
papamama
PAPAMAMA
PAPAMAMA

Nos comunicamos de formas diferentes.

NOS EXPRESSAMOS

DE FORMAS DIFERENTES.

TEMOS VONTADES DIFERENTES

Cada uma tem sua fruta preferida.

Hoje mamãe sabe nos diferenciar muito bem.

PORQUE
NINGUÉM
É IGUAL A
NINGUÉM.

E ESTÁ TUDO BEM.

Sobre a autora

Laís Palma Elsing

Formada em Medicina Veterinária pela USP, Laís não imaginava ter uma família grande, além das suas duas filhas de quatro patas, pouco tempo depois de formada. Após uma gravidez trigemelar inesperada, tornou-se mãe atípica, vezes três. Atualmente se dedica aos cuidados das meninas, ao perfil do Instagram **@triveganas** e, quem sabe, se o tempo permitir, a escrever mais livros.

Sobre a ilustradora

Luciana Romão

Trabalha atualmente com arte e educação e, desde 2019, vem se dedicando também à literatura ilustrada.